歌集

連灯

Rento

Michimasa Sato

佐藤通雅

短歌研究社

連灯　目次

Ⅰ 栞紐 二〇一三年

Ⅱ　青グルミ　二〇一四年

Ⅳ　人類史のどのあたり　二〇一六年

連灯

Ⅰ 栞紐

二〇一三年

栞紐

期日前投票初日間仕切りに首を入るるは馬のごとしも

葬祭に行きてもらひし花の束やうやく褪せて
死者とも離る

氷山の一角のその一角が光放つ今朝の新聞
欄に

栞紐の白をはさみて灯り消す書にも一夜の安寝あるべし

ひしひしの感じに椿ひらく道怖ろしくして真面目に通る

仙台、荒浜

人の骨やもしれぬ白、砂にあり洋の聖者のごとくに屈む

幼子の骨かとつまみあげたるはクレヨンの
白、先が丸つこい

瓦礫消え広広したる砂浜は星の微粒を踏むや
うな音

コンニャクの袋数個は砂まみれながら丸丸と
傷つかずあり

荒浜小学校

二階ベランダの手すりは大きく屈曲のままそ
こからは手近くに海

膨大なかなしみありてとりかへしつかざる土
に春の花萌ゆ

防潮堤に膝を屈して手を合はす　海、海の
先、その先の海

溺砂の迫るは映像にすぎざれど呼吸《いき》の凝《こご》りて
胸内苦し

昼となく夜となく生れて切れ目なし金の延べ
棒のやうな耳鳴り

あの日より伴侶となれる袋あり「春紫苑《ハルシヲン》」と
書き枕辺に置く

狂ひ雪

水平に飛べる雪にもいとまあり斜度をゆるめて地へと落ちくる

数日を降りこめられて人恋ひのわきたればコーヒーをのみに出でゆく

肩先の冷えて朝《あした》を覚めたるは愚ともなんともいひがたくして

満開のサクラに雪の降ることの珍事に雪は花
よりも美《は》し

たちまちに花を包める狂ひ雪うすべにいろを
はつかのぞかす

思はざる雪にほんのり包まれて花はおくるみの嬰児《みどりご》のやう

午後になり雪融けたれば全身を洗ひ浄むる花木となりぬ

新しい生命

数時間まへにぶじに生れたと二行の文字が闇
に輝く

大井町に降りて急げば葦舟にねむりゐにけり
新しい生命

悠《はるか》まで遠く大きく生きよとて悠生《いうき》と名づけ
られたる生命

生れたてのふたつ手はのびもにやらもにやら
この世の光をにぎりはじめる

抱つこして外を歩けばまぶしがるこの世のな
にもかもが過剰で

やっとやっとからだを一回転させた目が「やつたぜ、ベイビー」ときらきらいばる

若緑

ゴミ収集車の男は降りて猛然と大袋の束を投げ込みはじむ

田《た》井《ゐ》安曇《あづみ》、すなはち我《わが》妻《つま》泰《たい》と呼称せし時代《とき》の
にほひだこの若緑

「カステイラ」と表記されたる時代あり男ら
元気の最後の時代

残り生のおほよそみえてけふからは捨つるべきもの数ををしまず

草木を殺むるは殺生にあらざるか幼くて問ひいまに解きえず

性をもつことはときどきくるしくて葉につつ
みてはゆびさきぬぐふ

高層の内にうごめく人形《ひとがた》を仰ぐなり信号の赤
のあひだを

「このことをたれにもかたるな」と主は宣す
たちまち広がるをおそらく知りて

見てはダメ、見ないなんてもつとダメ　若い
生足がぞろり降り来る

水

いよいよに激する雨に表裏ありその表何度も
白く耀ふ

カレンダー一枚一気に剝ぎ捨ててまつさらな
月をまなかひにする

スカートをはらりとあげてなにせむと見るに
幼女は尿《いばり》をはじむ

水はいい　ますぐに落ちて光となり影すら生んで遠くへ流る

早暁を鉛筆の芯削るなり天涯清韻の音《ね》とこそいはめ

一夜鳴きまだ鳴きやまぬ虫の音は雑草《あらくさ》の闇深きところゆ

感音難聴と診断されて少《すこ》うしは仏の道へ近づいたやう

カムパネルラ!

カムパネルラ!と呼びかけられてふり返る演
劇少女が手をあげてをり

漢学の父の残せる『大漢和《だいかんわ》辞典』開かざれど
もそこに父在り

子はいらんかねといふなら全部買ひたいな保
育園児の散歩の車

赤信号に塞かれて停まる助手席に端然として
犬の顔あり

蛇口逆さに水放ちたる男児《をのこご》もひとりとなれ
ばほどなく帰る

目に見えぬ風行くならむ暁闇の山ふところに
光またたくは

改装のために黒黒覆われて大マンションは地
上を威圧す

蝶の羽めくるごとくに札束を数へ終へたる白の細指

ミシン踏む左右《さう》の足裏《あうら》の感触がなんのはづみにか甦《かへ》ることあり

横ざまに吊られて軒に梯子あり風なきにたしかに、たしかに揺れて

山《やま》村《むら》に黒装束の人ら立つ法要へ行くバスを待たむと

をさな影

をさな影よこらよこらとママ影に溶けて離れ
て芝のうへ行く

鳥の目のやうな翡翠のボタンなり五つ選んで
てのひらに載す

あみものをするにも休みの季節ありシロツメ
クサのあふれくるころ

ブラウスの長きかひなに肌の色うすらにもるるひとは行くなり

はなびらのやうにピアノの流れくる教室まへのひるをとほるに

冬に使ひし毛布おつぴろげて干すときに天の
大きな大きな笑ひ

鉱石ラジオより摩訶不思議なるノイズする外
つ国の声聞きたるはじめ

ペタッ

改札口にペタッとカードを押し付けるペタッ
の時代がどんどん進む

扉《と》をあけてまた扉をあけてあけてあけてむしろ山猫に食はれてみたい

咽《いん》喉《こう》の弱さは夭折の叔父に似て　ナンテンの実が少し色づく

依頼ありて書評書かむとなにはさておのが心
をますぐならしむ

茶の色の蝸牛が石を這ひゆくは神告げ人の裔
のやうにて

大風に倒れながらに日の方《かた》へ顔あげコスモスの花全開す

立ち上がり歩行に移らむと前屈み　噫　原人へ還つてゆく

名をあげることなく散るはおまへもか日の落ちどきをサザンクワの白

訃報欄に載るひと載らぬひとのあり歌人の軽重を計る目がある

溜まりたる名刺広げて選り分くる濃き交はり
も遠い日のこと

Ⅱ　青グルミ

二〇一四年

前沢

幼少期を過ごしたのは岩手県前沢（現奥州市前沢区）。夭折の叔父と桜の記憶が重なる。

前沢の駅に降りれば目に迫るソメヰヨシノの白の一山

傷兵の白繃帯の動き初む下り列車の三等の窓

夜桜の坂朗朗と下りくる長持ち積みし馬車の
数台

木造の校舎の窓に全山の桜吹雪は逆巻きて
入る

西側の窓を開ければそこは山ソメヰヨシノの
白泡立つも

肺病みて臥《こや》れる叔父を見にゆけば顔傾けて桜
愛でをり

通称を「角《かど》」といひたる屋敷なり金雀枝の黄《きい》
重くして垂る

花終へし山は緑を急ぐなり声喪ひて叔父は鈴振る

写真《うつしゑ》となりて故郷に帰り来し兵らは並ぶ寺院の壁に

赤バット青バットありてなにもなしなにもな
いことのゆたかな時代

敗者の感情

雪雲の切れ間のありて頁繰る高安国世惻惻の
呼気

怒りはじめたらかへっておのれを汚すから今宵中空の沈黙の月

一・五秒遅れて語る特派員地球の裏にけふも乱あり

独身《ひとりみ》の小中《こなか》英之非業の最期さへ伝説となる
までに時経ぬ

逃げる車、追ふ波の間の縮まるをヘリのカメ
ラは実写してをり

その人はまたも住処を替へたるかぼとり汚れて封書はもどる

しつぽりと濡れそぼちたる傘を下ぐ敗者の感情に少し似てゐる

テトラポッド

うまい話にのせられし理由《わけ》の老後不安　もう
十分に老いたる人が

「お・も・て・な・し」どうにもかうにも嫌
ひなり歯ごたへのなき無菌の仕種

生命生《あ》るる源にセクスあることをこの電車の
人らたいがい知つてゐる

ウサギと生れ悔いはなきかと問うてみる問ひが高度すぎると赤い目はいふ

十万年のちに無害になるといふ核にはあらず人類《ひと》のことにて

老老が朗朗となりて介護するそんなコマーシャル出でむ日もあれ

全山を除染するなんてとてもとても葉を一斉に噴き出して山

ヂバサンとは何語なりやと惑へるに地場産の
ことカボチャが並ぶ

スピード感なきはさらばの時代なりゲラ見て
すぐの返信乞はる

御影石の面《おもて》をよぎる人の影おれはおまへだ
よとその影はいふ

テトラポッドは見るたび異《い》にて精一杯短き足
を広げて並ぶ

雪影

たちまちに陽は掻き暮れて白円のなか幾重に
もよぎる雪影

峠にはいつ轢かれしやキツネの子金のかはごろもへたりと延べて

「本体」とあるから本もからだなり表紙の肌をそーつとさする

人体は重きゆゑ男四人にて持ち上げよいしよと棺へ移す

餌を欲りて朝に集ふ小雀らは木彫のやうな細き身をする

弔電の例文ありて値もちがふさあどれにする
と故人がのぞきこむ

夜間灯ともれば鳥の籠のやう工事夫の影横に
行き来す

群青のシートで四面囲みおき密事《みそかごと》あらむ声の洩れくる

白梅

小高賢の不在が日毎つらくなる　三月三日、ひな、ささめゆき

題詠のやうだな君が急逝は今号の誌のあちこちに湧く

ゆつくりの死と急の死のどちらがいい問へど応ふるはずのない君

あの世とはどんなところかレポートせよ　元
菊川の住人へ伝ふ

生きをるは死者思ふなりその逆もあるかと問
へど　ただに白梅

人生つて感じ

道の脇にボンネット開けて覗きゐる人生つて
感じの人の後ろ姿

新刊の頁の間《あひ》にひつそりと眠れる白の栞を起こす

青リンゴむきたる指ののこり香をいましばらくはぬぐはずにゐよ

ブラインドをクキリと割つて見下ろすに白線
跨ぎゆく生足の群

便箋を広げて返信せむとするに思ひより先に
字がほとばしる

池の底に梅雨の晴れ間の光届きそこに甲羅の
眠りはありぬ

「又三郎」読み返しをるに窓の外は方位感な
き風の行き来す

長い舌《べろ》となつて紙片は垂れ下がる人住まずなりし郵便受けに

私信すらしらーつと活字で送らるる　大事あつても読んでやらない

ふるさとを追はれたる日を語りつつかなしきまでに人は乱れず

何事もなかつたやうに扁平の雲流れ来ていま川渡る

青グルミ

五秒間泣きためて一気に爆発のをさなにもすでに知恵といふもの

指先をツイーッと立てて宇宙との交信はじむ
この乳飲み子が

ベニマルのペコちゃんの頭なでゆくはわれの
みならずまだ揺れてゐる

老親を諭せる声のただよひ来待合室の左後ろゆ

「知つてゐたはず」を争ふ訴へがまた増え梅雨はあくまでも鬱

断罪の韻きを持てる一語なり　限界集落　この村もまた

旧いねと切り捨てらるるときは来む人にも歴史　歌にも歴史

仙台の住人たるもの地下出口まちがへ雨の高層見上ぐ

あのあたりが曲がり角だつたと気づきしは時代《とき》をはるかに隔てたるのち

「頭《あつたま》にくる！」と吐き捨てて男立ち上がる
そのまま自動ドアを出てゆく

葉の色にまぎれながらに青グルミひしひしと
あり　侵してはならぬ

ネム

盛りありて終末もあるネムの花その音もなき
日日のうつろひ

心の病持ちたるひとの絵手紙も間遠になりて
つひには止みぬ

トンネルの中で救急車に遭ふ

どの車も左に寄りて通らしむたれとは知らね
生命よ生きよ

炸裂の瞬時見せむと児を抱けばその瞳《め》に花の
光はひろがる

人が海になるわけなけど人海といふ途方もな
い戦術がある

人類《ひと》の碑に隣れる獣類の慰霊の碑ともに立ち
ともに蟬声を浴ぶ

紙縒りする父

脈絡もなく甦る場面ありランプ明りに紙縒《こよ》りする父

ビルとビルのはさま細くてひらりひらり間断もなく人の行き交ふ

十円玉で用をすませてボックスを出るとき人間に戻つたやうな

高層の最上階の鉄骨をハンマーに打ちて男《ひと》移りゆく

思はざるところにミヤマリンダウの色は滴のごとくありたり

猛然と生ひて枝垂《しだ》れて二十年ミヤギノハギは
一気に自壊す

蛾と生れ疎まれをるを薄紙にそつと包みて放
ちやりたり

差別だよと訴ふるさへ鈍重の蛾はよたよたと
飛んで沈みき

大木の伐られし空のまぶしけど三日目にして
その景に馴る

老女《ひと》はいい　手押し車にて行き合へば道のほとりの石に腰掛く

主役より脇役光る危ふさの朝ドラがやうやく終結迎ふ

いかな怒りあつたといふか寝入りばな鼻孔ゆ
とろり血のぬくみ落つ

新聞の訃報の枠の値の高さ死の後も人、財を
計らる

連灯 1

町内をひとすぢますぐにつらぬける桜通りあ
りいま赤に染む

桜通りの葉も落ちつくし二連《ふたつら》の灯りはつづく
坂のうへまで

葉落《えふらく》を重ねてつひに連灯を坂のうへまでかか
げたりけり

連灯のひとつところのまたたくは残り葉ありて風ゆくならむ

遠つ世にもかかる連灯の坂ありや登り切るまで人の影見ず

変声

変声の男《をのこ》ふたりが首《かうべ》垂れ公園の芝よぎりゆきたり

「林立」の一語の韻に背の筋がすーつとますぐに伸びたのである

世の速さに取り残さるる愉しさといふこともある　電車にゐる

ひらりひらり自転車部隊走り行く突撃におよそ似合はぬ形姿《なり》にて

年末といふに微熱に包まれて床臥しのまま雲の色追ふ

昔昔わたしはミイラだつたから夜毎を白のマスクして寝る

脚光を浴びざる馬が帰りゆく人よりさらに項《うなじ》屈して

喪主は孫レポート用紙三枚を真面目に読んで
挨拶とする

棲み人の一夜に消えて轟然たる静寂に包まる
その家

ゆきのうへにゆきおともなくふりつもる　ゆるす　とたれかたしかにいへり

雪明りもとめてけふも読み進むゐあんふのこと問へる一冊

「一年はあつといふ間」の「年」一字「生」
に入れ替へるときやがて来む

Ⅲ 連灯

二〇一五年

男優さん

元旦はまづ一夜にし積もりたる雪掻き世への
あいさつとする

初売りの広告に墓石の写真あり晴れやかにそして真直《ますぐ》に向いて

ブレザーの白の若きらそれぞれに楽器のケース持ちてかたまる

生きたまま瞬時冷凍さるる貝怖ろしき技を人
は編み出す

冷凍より甦《かへ》りてたちまち殺めらるる貝といへ不
条理このうへもなし

人柱ならぬ歌柱《うたばしら》も織り込まれ五十首連作危
ふくつづく

足先を出すたびドアは全面的に開き無防備に
世界を入れる

ヒュウマンオフの人らの憩ふ山腹のホームは
けふも無菌の日和

認知症の兆しであらう時間差のなき想念がし
ばし浮沈す

十《とを》の指の爪を切るなり爪といふは正直にて寡黙にて人に順ふ

AV女優が「男優さん」といふときの運命共同体つて感じの韻《ひび》き

人影の無くて鍵盤動けるは足無くて人の歩く
に似ずや

近日オープンの小さな看板吊るされてガラス
の部屋に坐るイスたち

一様に黄《きい》のバナナは反り身なり敵意ははじめ
からないお互ひに

かなしいことがありすぎて口を閉ざせるにな
にもなかつたことにされゆく

富士田晩年

雪雲は去り行かむとし中空に紙の白さの丸き陽残す

どうもうまく運ばぬ稿に苛つ間も雪は降りきて浮力を落とす

陽の縁側《えんがわ》に足裏《あうら》ふたつをさらすなりいまが前世なのかもしれぬ

長く長く梶井基次郎を忘れゐきこの世に全き
闇あることも

「路上」に小津安二郎論を連載　三首

小津映画の細部を文字に起こしゆく
冨士田《ふじた》元彦晩年のその息遣ひ

草稿を入力してはまた戻す晩年冨士田との交
流なりき

晩年の冨士田元彦の草稿にインク滲むは涙で
あつたか

敗戦国民

話題にはもはやせざれど内深き傷み持ち合ひて人は集ひ来

声に出していへばいふほど自らが汚れてゆく
桜に雨が

雨まじり雪と雪まじり雨とはちがふ　もうそ
ろそろ人間をやめたい

木に神と書きたる姓の家あれど格子戸開くを
見たることなし

歩道橋の長き腹部を仰ぎみるその上を人はつ
つがなく行く

妻が死を秘してうたはぬ歌人《ひと》もあり白躑躅水
に差して悼みぬ

心太くなるにあらねど細く酸きものを一気に
喉に流し込む

日本語の歌を横向きに読むうちに敗戦国民の
気持ちとなつてゆく

ちよい老いでなく超老いの増えし世の登りの
道の冷たい手すり

ハンカチ王子に熱をあげたるとき過ぎてムツキ老人がゆつたり歩く

腰椎を病みて手入れを怠るに花は自流にて春をことほぐ

腰病むは人を深くすそろりそろり身を低くして板の間進む

ゼロ歳児　三首

これの世に生れて六日のをのこごに会ふなり

まさしくこれ生命なり

生れたての子は白布に包まれて手に渡りそして次の手に渡る

最若手のゼロ歳児ゐるにぎはしさ喃語となへて床はひまはる

連灯2

晩秋の明けはいまだも暗くして街灯《あかり》連なる坂
のうへまで

万の死を悼みて朝はのぼるなり桜通りの連灯
沿ひを

道のうへに丸く広ごる灯の色を過ぎ行かむと
しわが身も照らる

還りこぬ人想ふとき道の上の丸き灯《ともし》の色の
やさしさ

てのひらのぬくみ残れる封筒を桜通りのポス
ト へ落とす

白龍となりて朝の靄は生る山に潜める月《つき》山《やま》
池《いけ》ゆ

降霜に会ひては色を深めゆく月山池の雑《あら》草《くさ》
傾《なだ》り

逆走

七十二の齢《よはひ》は不思議高架橋見上ぐるに甘い
くるめきはくる

寒暖の落差のありて思春期の日のごとくにも
身の内きしむ

空色のランドセル負ふ男子《をのこ》女子《めご》性差の吃水と
してのこの色

食欲や性欲そして名誉欲ひとつとてなきロボットよろし

賛成の方はご起立願ひます　そのままいつまでも起つてをれ

逆走をするは老いたる人に多し逆走は人のか
なはざる夢

帽の男

宮古へ　三首

宮古へと向かふ峠の青葉闇早池峰の背を一瞬とらふ

滾つ瀬のやがてなだらになれるころ三陸の町
宮古へと入る

遠い遠い宮古まで来て語らむに福島人《ふくしまびと》の言《こと》の
穏しさ

おのが美貌知らぬふりして知つてゐるベルベット色のこの薔薇《さうび》たち

じつにじつにひさしぶりなるおしめりと文語調にて慈雨をよろこぶ

うすぎぬのやうなクラゲはスホッスホッ身を
しぼりては水のなか行く

争闘のかたちのままの脱け殻が樹木の肌にひ
つたりとあり

森を背に立ちて動かぬ夕光の鹿まなうらに甦《かへ》るときあり

コロボックルのクツ　四首

玄関の大人のクツの間にはコロボックルのクツとクツツシタ

叱られるとわかつて畳につばを吐く吐いて叱られ顔面で泣く

枕元に這ひゆくクモを指差せるこの世ではじめての怖きものあり

七十二歳と二歳が道を散歩する火の玉となりて駆け出す小軀

A級を永久と覚え疑はぬ子でありし日の葉桜小路

人類の滅びしのちの生命体想ひ眠りにすべりゆくべし

通過駅のホームに帽の男ゐてたしかにニヤリ笑つた――と思ふ

極私

砂積みてそのうへにツバキの花飾る幼らは遊びといふに倦まぬも

電子パネルつぎつぎふえて天空とますぐ向き
あふ屋根屋根の光

バフンシをくださいといふに店の人まこと馬
糞の色の紙出す

肩先の冷えて醒めたるものよ聞けとりかへす
こともはやかなはぬ

ベッドより起たむと少時茫とゐる老いゆくは
この茫にはじまる

パレードともデモともつかぬ列のなか雨合羽着て幼も歩く

荒浜の慰霊碑に来て膝を折るまた少し人の名の加はりて

「風評」のなかの「風」さへ行き所なくて果実は生りつつ腐る

悪いことはこれから集《たか》つてやつて来る、「又三郎」のシーン　その雲行きだ

構内のヒマラヤスギは棟超えて人類以後を生
きるかたちせり

目薬の処方箋手に坂下るそのとき雲のやうな
浮遊感

ひとはたれも極私《ごくし》を生きるほかはない自家製
ネギをきざんで放つ

思冬期

思春期あり思秋期あれど思冬期なし冬こそ深
くもの思へるを

一頁に一首の小型歌集持ち乗り込めば聖なる
旅のはじまり

暮れはやき季節となりて子どもらは時惜しみ
声を交はして遊ぶ

冬の芝渡り行かむと足裏に胎児のときのやうな感触

集合写真撮らむと若き職員が車いすの人の脇に膝折る

こんなにも負けが込んでも見放さぬファンの
体が雨に上下す

全宇宙の一つの星の住人として黎明にいまし
立ち合ふ

Ⅳ　人類史のどのあたり

二〇一六年

五年目

1　2011・3・11直後

存《なが》ふる側に選ばれしひとりにて百メートル
の買出しに並ぶ

此処を逃れては見えぬものあり陶磁器のかけらの藍の紋様なども

眩暈して立ちあがりえぬ妻運ぶ病院までの無臭の空間

2 棄民

母子家庭になつてもフクシマへ帰れぬと口紅
載らぬくちびるはいふ

山形へ逃げ来て五年そのひとのくちびるは
「りこん」の一語をこぼす

強者が弱者へ、弱者が強者へ反転する瞬間《とき》の
透度を直目《ひため》にしたり

自主避難すなはち棄民のことなりと『新・広
辞苑』にやがては載らむ

3 再稼働

再稼働させたがる力は人格かそれとも神か
貌が見えない

なによりもひとのこころをずたずたにせし正
体は光ですらなく

フクシマをなかつたことにする策の静かにし
かもじわりと進む

民意など聞く耳持たぬ耳もあるヒグラシゼミ
もいつしかに消ゆ

4　ＮＨＫＥテレ「震災を詠む」収録

「真実を報道せよ」の横断幕そのわき通り会場へ入る

ぎりぎりの攻防戦として制作《つく》る　収録一〇秒前　水をのむ

政治家は消え人人の苦はのこる　わが言をテレビは生かしくれたり

「おらだづはどんどんわすれられてゆく」このひとことをマイクは拾ふ

5 「できたはず」

「津波来るを予測できたはず」を論拠とし訴訟はつづく五年経てなほ

福島ナンバーの車越し来て玄関にまづ幼児用自転車置かる

解体の近き校舎にあの日より動くことやめし
大時計あり

抽象の感じにのびるだけのびてクレーン車が
長く黒いものの吊り上ぐ

6　最当事者

いふなれば最《さい》当事者である ひとの名が慰霊碑にふたつ加はる

「行方不明者」としての歳月もここに終はる 碑に刻まれし氏名四文字

泥のやうな疲労が日常となりしころ耳の細胞
が突如壊れたり

疲れやすき目になりたりと日に四度天を仰ぎ
て滴を贈る

7 「核災」

生、まして死すら知らざる一、二歳また三歳の碑名は並ぶ

「俺《おら》、死《す》んでねえぞ」海の慰霊碑の三百が一斉に訴へはじむ

五年目の近づきて特集記事増えるその日過ぎなば忘れむために

「あの日」に話及べばどの人も星みなぎらふ夜のことといふ

五年経てなほも仮設にゐる老いへカメラ入り込み茶の場面撮る

「核災」のことば生れて五年目を不覚にもわれ声の帯病む

月の庭

大震災の痕跡《あと》のおほかた消えしころ駅地下街
にパンの香流る

地下街のパン食堂に昼餉する回遊魚のやうな
この気持ちはも

パソコンもご主人様を品定めするやうで　は
たと黙秘に入りぬ

細長の文鎮置かれ一枚の紙の思ひも定まらむとす

月月の年金下ろさむと並ぶなり虜囚の思ひ湧くにあらずや

ちちふさをかかふるごとく守《も》るごとくむかひ
ホームに立つてゐるひと

「北山」に降りたる人は踏切に塞《せ》かれ一斉に
雨傘広ぐ

いつのまに入りきしや黒のコホロギを手につ
つみ月の庭へとはなつ

草木染の毛糸あがなひ帰るとき名《な》掛《かけ》丁《ちやう》は風
の通り道のやう

書物より顔を上げれば目の高さ花梨《くわりん》の青は雨に濡れをり

郵便受けより取り出だす封筒に一夜の雨の湿りあるなり

公園の砂におかれしミニカーをもちあげたれ
ば砂こぼれ落つ

針葉

針葉の並木は赤《あか》銅《がね》色《いろ》に炎ゆ回想の甘さをけして許さぬ

生命の始源のごとき球根をますぐにおきて土
をかけやる

大銀杏の枝ざつくりと折れてあり自壊といふ
は人のみならず

草木の肥料にせむと落葉掃くかかる天職もこの世にはあり

鉄柵よりのぞけば下は一面の葦原にして氷雨が沈む

ひとときの時雨の止みて陽の射せば山は全的
に反照したり

薄板のごとく貼りつく寒さあり『教行信
証』書写《うつ》しをる背に

ドンコサック合唱団のリズムのやういま屋根
を打つ夕べの寒雨

大樹

人齢をはるかに超える樹下に来て仰ぐなり
噫、とてもかなはぬ

樹齢千年の大樹は千年を見てきたり一歩も此処を動かざるまま

届きたる岩手リンゴは箱の中ほこほこ 尻《ゐさらひ》埋めてゐたり

始発バスで出勤をする四、五人の横顔が水平
移動してゆく

手や足を正しく伸ばす寝ねぎはを瞬間冷凍の
形してみむ

夕刊を配らむと坂をのぼりくるママチャリの
白く細いタイヤよ

自動扉

目の力衰ふるも自然のことながら寒暮傾きて
雲の尾流る

神神のこぼせる笑みのごときかも百歳超えし
人らの歌は

総合誌に夫婦歌人の並びをる名指しはせねど
やはり妻がうまい

「ハガキにて失礼します」と書き出せるかかるたしなみありたる昭和

曇天の森のやや上へリ三機現れただならぬさまにぞ行ける

治療室に泣くだけ泣いて何事もなかつたやうに男出《をのこ》でくる

有害図書のやうな雲だぜ血の色を腹のあたりに染み込ませては

鳥雲に入るかたちにてはくぎんの飛機がいま
まさに雲に消えたり

ブリキ製バケツ右手に下げたるに一億総活躍
の気分してくる

繁華街裏の交番に警察官坐りゐてひたすら事務を執りをり

夫《つま》おくり娘《こ》もおくりたる歌人《ひと》の歌読みつつはかりがたしその寂《せき》

「自然に、眠るやうに」と喪主いひて親讃へたる会の最後に

噫、歳はとりだくねもんだと自笑して嫗は自動扉へ向かふ

人仕舞ひ

暗然たる雲の塊迫り来る川はさみ西の方《かた》を見やれば

太陽光パネルゆ落ちて砕けたる星のかけらの
ごとき氷塊

消《け》残れる雪あり芝のひとところ午過ぎの光そ
こにし凝《こご》る

仮死状態の格好をして寝ころべばゆわーんと
空の全面たわむ

店仕舞ひするやうに人仕舞ひなし終へてさば
さば往きしひととの訣れ

人類史のどのあたり

柏崎驍二　三首

病長き柏崎驍二を想ふなり中津川の辺歩きしは初夏

柔和なる笑みにて案内《あない》してくれぬチャグチャグ馬コの日の盛岡を

あと数頁ではりなれどもけふは閉づ『北窓集』との訣れ惜しみて

不調にてこもりをる間にヤマザクラひらきて
坂を明るませをり

あがいてもどうにもならぬときがいま深海魚
となつて床にもぐりこむ

夕方になり足の先冷えゆくは鳥類になる兆し
なるらむ

フィギュアの選手がアップさるるとき肌色の
衣と肌のさかひよ

表通りの家に「売家」の札はあり老いの気配
のいつしか消えて

草には草のことのはありて雨ののちひとつひ
とつと声こぼしあふ

詩誌「左庭」開きゆくなり加湿器のとよとよ
鳴るをかたはらにして

もう先へ先へと急ぐことはない屈みて眺むハ
コベの花を

左目をアイスノンもて冷やすなり　いま人類
史のどのあたりだらう

『連灯』覚書

本歌集は、『昔話《むがすこ》』につづく第十一歌集にあたる。二〇一三年から二〇一六年にかけての作品を、ほぼ制作年に順って構成した。

この間、「短歌研究」誌上に、三十首ずつ連載する機会をいただいた。結社に所属していない自分には、個人編集誌「路上」と時々の歌誌だけが発表の場なので、大変励みになった。連載作を中心に、他誌に発表したのも加えて、三四〇首とした。

私の住んでいるところは、仙台市郊外の山を切り開いて造成した宅地だが、その中央に西から東へと真っ直ぐに通じる道がある。ヤマザクラの並木道なので、桜通りと呼ばれる。

晩秋になり、葉が落ちつくすとオレンジ色の街灯が両側に連なる。そこは私の早暁の散歩道の一つだ。

道が切れると、蕃山、青葉山となり、やがては市街地が広がる。さらにその彼方は、多くの犠牲者を出した仙台湾だ。

大震災のあと、東方へ向かって歩くたびに、祈りの心が湧くようになった。

以来、五年。震災と核災の与えた影響はあまりに大きく、いまもって十分にことばにならない。

このままでは、やがて人類が亡び、地球も生命の初源から再出発することになる。そこまでを視野に入れなければ、もはや未来は語れない。つい先日までは、空想小説の世界だった場に、いやおうなく立たされている。

だのに誰もが、一日一日の生活を重ねていくほか、どんな有効な手立てもない。

歌集刊行に際しては、「短歌研究」の堀山和子さんとスタッフの皆さんには、大変お世話になりました。厚く、感謝申し上げます。

装訂は間村俊一氏にお願いしました。

間村氏にはすでに『宮沢賢治　東北砕石工場技師論』『賢治短歌へ』を担当していただいています。今回もたのしみにしています。

二〇一七年一月二日

佐藤通雅

歌集　連《れん》灯《とう》

二〇一七年三月十一日　印刷発行

著者――佐《さ》藤《とう》通《みち》雅《まさ》

発行者――堀山和子

発行所――短歌研究社

東京都文京区音羽一―一七―一四　音羽YKビル　郵便番号一一二―〇〇一三

電話〇三―三九四四―四八二二　振替〇〇一九〇―九―二四三七五

印刷所――豊国印刷

製本者――牧製本

造本・装訂――間村俊一

定価――本体三〇〇〇円（税別）

ISBN978-4-86272-521-9 C0092 ¥3000E